PEPÛK

Musa Karbadağ

Şiir

PEPÛK | Musa KARBADAĞ

Editör ve Düzelti : Meral ŞİMŞEK
Mizanpaj & Kapak : Jana ZANA
Kapak Çizimi : Serdar MUTLU

ISBN : 978-605-80206-5-8

Birinci Baskı : Kasım 2019

Matbaa : **Berdan Matbaacılık**
Davutpaşa Cd. Güven Sanayi Sitesi,
C Blok No: 215
Topkapı | İSTANBUL

Telefon : +90 212 613 12 11
Sertifika No : [Berdan Matbaacılık | 45750]

PEPÛK

Musa Karbadağ

İÇİNDEKİLER

PEPÛK

ÖNSÖZ

Yazarken kendini yeniden doğuranlar vardır, sancılı ama direngen; işte Musa Karbadağ, o doğum sancısını hakkıyla yaşamaya çalışanlardan. Şiirlerine hasretin ve acının yanına, umudu ve direnci de eklemeyi bilmiş. Bunu yaparken kullandığı yalın ve samimi dil, yaşamın içindeki savaşın her ne olursa olsun süreklilik gereğini de göstermiş olmuş. Yazdıklarına bakılınca; doğup büyüdüğü ve güzelleşsin diye uğrunda bedel ödeyip, mücadele ettiği topraklardan koparılmanın onda bir umutsuzluk yaratmadığı aksine, yazmak eylemiyle bu savaşıma devam ettiği görülmektedir. Direndikçe güzelleşen bir ömrün sahibi Sevgili Musa'nın, yazdıkça kalem dilinin de her geçen gün acemi bir ustalık kazanacağı kanısındayım. Kendisine yazmak eyleminde başarılar diliyor ve direngen yüreğini selamlıyorum.

MERAL ŞİMŞEK/ ŞAİR-YAZAR

BANA DAİR...

Ben Musa Karbadağ, 1973 Bitlis doğumluyum. Türkiye'deki eğitim-öğretim mevzuatına göre ilk okul mezunu bile sayılmam. Okuma-yazmayı, uzun tutsaklık yıllarımda öğrendim desem yeridir.

Ailem 1986 yılında, şiddetin en üst seviyeye tırmandığı bir dönemde batı metropollerine göç etmek zorunda bırakılınca, bütün yaşamım yeni bir boyut kazandı. Hakikat-insan, insan- adalet ve bunların eşitler ilişkisindeki yerini çok genç yaşlarda sorgulamaya başladım. İşin özü beni bu kavramlara iten ilk şey; tek kelime Türkçe bilmeyen annemin, Kürdi kültürümüzün yansızı olan uzun fistanıyla başladığım okula gelip, okul müdürü tarafından hor görülmesi ve ötekileştirilmesi olmuştur. O günden sonra bu sistemin bilinçli muhalifleri ve ötekileri arasında yerimi aldım.

Aynı sitemin en korkunç yüzü ile ise 1993 yılında tanıştım. Politik bilinç ve kişilik edimi sürecim diye tanımladığım bu yıllarda dönemin DGM'lerinde yargılandım ve örgüt üyesi olmak suçlamasıyla, İzmir-Buca,

Aydın ve Sultanhisar cezaevlerinde toplamda dokuz buçuk yıl tutsak edildim. Aynı zamanda yüzlerce devrimci tutsağın ölümüne, yaralanmasına ve sakat kalmasına neden olan ve "Hayata Dönüş Operasyonu" adı altında yapılan vahşetin de bire bir tanıkları arasında yerimi aldım…

2016 yılı 15 Temmuz tarihine denk gelen sürecin öncesine kadar, KHK'larla kapatılan kurumlardan olan TUHAD-FED çalışmalar yürütmekte ve bu kurumun Ege Bölgesi temsilciliği olan İzmir TAY-DER Başkanlığı görevini yapmaktaydım. 15 Temmuz süreci sonrası iktidarın tüm muhalif kesimlere dair yürüttüğü faşizan politikaları basın yolu ile kınadığım için yeniden tutuklandım ve altı ay devam eden bir tutukluluk süreci ardından, yurt dışına çıkamama ve adli güvenlik şartı ile tutuksuz yargılanmak üzere serbest bırakıldım. Bu süreç sonrası hakkımda açılan ve kimi kesinleşip, kimi devam eden davalar nedeniyle ülkeyi terk edip, Yunanistan'da politik sığınmacı olarak yaşamaya başladım.

Benim için yaşamın kodları, düşünmek ve yazmaktır. Ki yazmak aslında benim için bunca tutsak geçmiş ve sürgünde devam eden yıllar sonrası bir var olma halidir. Sürgünde yazmak, diasporanın umutsuz, soğuk yüzüne karşı bir eylem, felsefik bir edim ve aidiyetini koruma, sürdürme halidir. Elbette önümde kat etmem gereken uzunca bir yol olduğunun bilincindeyim. Elinizdeki bu kitap, kendime olan inancımı güçlendirmek ve yaşamın güzelleşeceğine dair umudumu taze tutmak adına bu uzunca yolda atacağım ilk adımdır. Beğenmeniz ve başarmam umuduyla…

Sevgilerimle…

Musa KARBADAĞ

MERHABA!

Merhaba Sisifos Kayası
Hades dikiti hayat!
Tenimi ısıtan güneş
Yüzümü okşayan ılık yel
Yüreğime, yaşam sevisi aşılayan sabahın
aydınlığı

Merhaba işgalim,
Eşgalim köhne barınak!

Merhaba yalanlarıyla
Yenilgilerini erteleyenler
"Uygun adım marş" düdüğüyle yürüyenler

Merhaba ürkek, çekingen
Olur olmaz hayallere kapılan
Ve yanılan ben!

Merhaba hayatın teşnisi
Ötekilenen, ertelenen ne varsa
Güzel olan her anımı anlamlandıran
Sevgili dostlar merhaba!

"Kalimera yasu "demeyi görev bilen
Soğuk, mülteci yanımı ısıtan
Güler yüzlü insanlar, size de merhaba!

Merhaba hakikat!
Yakamıza yapışan,
Halkımın yüzyıllık yalnızlığı
Ben bu yaramla iyiyim, güzelim, mutluyum

Merhaba Eleniko Sketo kafem
Her gün arşınladığım ağır aksak
Yorgun adımlarımın tanığı kaldırım taşı
Sokak başında dövünen şizofreni kadın
Modernitenin altın vuruşuna hazırlanan
Sarışın güzel kız

Merhaba!
Hayatı ve anlamı tüketen Eksarxion Parkı
Platia Vatiz Bataklığı
Tarihe tanık, Zeusu'un, Hera'nın döl yatağı
Akropolis

Merhaba kendi suskusunda boğulan
Yaralı pelikan
Gaganı yarana gömdüğün yetmedi mi?

Merhaba tellere tüneyen,
Rızık sörtüsündeki güvercin
Dikkat, sende vurulursun
Vakitsiz bir zemheri zamanda

Merhaba altın tasmalı köpek
İnsandan daha kıymetli
Daha huzurlu köpek...
Senin de sadakatin tasmana sebep

Merhaba pişmanlığım,
Kendime olan düşmanlığım

Merhaba sabrın ırmağı annem,
Aslında ben hiç büyümedim

Merhaba etine hikayesini kazıyan
Sokak başındaki fahişe
Şehvetin büyücüsü kadın!
Irzını pazarlamaya sebep olan utansın!

Merhaba tanrıya isyanın adı,
Bize cesareti bulaştıran
Varoluşu var eden çorapçının oğlu
Bay Soren Kierkegaard

Merhaba sırrı varoluşçular,
Din düşünürleri, toplum eleştirmenleri,
İroni ustaları...Toplum mühendisleri!
Pespaye kadavra hayat sizin eseri
laboratuvarlarınız

Merhaba mülksüzler, dilsizler vatansızlar!
Umut taciri, insan kaçakçıları...
Cinayet mahallinden topuklayan korkaklar
Maktulün kokusu, sindi sineceği kadar
üzerinize!

Merhaba basmaya kıyamadığım
Yaprak döken akasya!
Hazan ve hüzün mevsimim
Merhaba aşkın peykeri Aragon!
Elsa mı seni var etti, sen mi Elsa'yı?

Merhaba kanayan mülteci yaramın iki yüzü!
Güleç Aras, komada can çekişen minik çınar!

Merhaba hayatı emek emek yoğuran,
Sevgi ve umudun işçisi sevdiğim!
Bak hasret hep sen kokuyor!

TARİHİN ANDI

Gecenin yırtığını dike dursun terzi Hermes,
Kesik, ölü başları sayadursun
Kara bayraklı, hurafe deccal!
Göğsümün boşluğunu dövedursun
İhanetin paslı hançeri...
Ben, Nuh Tufanı'nı yurt eyledim
Suskunluğumun kederine bakmayın
Ararat'tan Tur Abdin'e su gibi kanım aktı da
Yazgımın katran karasına boyun eğmedim!
Tanrı da tarihte şahidimdir
Kesenof"tan bu yana nice işgal
Direncimin dağlarına gömülüdür
Kral Kamassi'yim ben Zagros'un şahikalarında,
Xano'yê Çengzêrin›ım, Kela Dimdimê 'de
Dicle'nin, Fırat'ın doğurgan döl yatağıyım
Hiçbir papirüse yazılmamış destanım ben
Huri'yim, Guti'yim, Med'im ben
Kobanê'de, Miştenur'da, Afrin'de
Silinmez acıyım ben
Zilan'ım, Newala Kasaba'yım
İbrişim yangını yarayım ben
Roboskili bir ana yüreğinde
Varsın safran sarısı kinini kussun hain!
Bugüne dek el sürdürtmedim
Özgürlük aşkıyla şahlanmış
Kürdi atımın yelesine...
Bugün de yüreğimin haritasına
Aynı sabırla, aynı dirençle damıtıyorum
Özgür halk andımı!

KAYIP HİKAYE

Kayıp bir hikayeyim ben
Hasret yangınlarından gelirim
Ömrüm ki meskeni ateş hattı
Eski zaman yıkımıyım ben
Sêx Seydê Palo ve
Seyit Rıza saklı künyemde
Cizir'den, Sur'dan, Nuseybin'den...
Taybet analardan geldim
Ölü ceset kokusu sinmiş bedenime
Yitik ve hilkat garibesi bu çağdır failim
Hakikatın atlı süvari ışığına
Susamış çocuk yüreğim
Kendi gölgesinin korkusuna hapsolanlardan
Tiksindim de geldim
Hadi, geceyi ve kayıp silüetleri
Toplayalım şamdanlardan
Xelefi halayına kat beni
Bercelan'daki lilavları ısıtsın ruhumdaki cemre
Bir iz mermisi gibi düşeyim
Yüreğindeki özgürlüğün şafağına!

AŞK TURABI

Gamlı bir sarhoşum kelamın meyinde
Harften, heceye turabıyım bütün aşkların!
Türküler söylerim
Güller ve dikenler üstüne
Ayrık aşkları buluştururum
Şiirin eşsiz rayihasında
Hadım edilmiş bir zamanım
Seçme beyitlerde Mem ile Zin,
Ferhat ile Şirin'im

AYRILIĞA SERENAT

Tanrıyı keşfe çıkardım
Suyun ağaca akışını
Dalın tomurcuklanmasını izlerdim
Çocukluğumu büyütürdüm
Gözlerinin karasında
Kaç acında yıkandım
Kaç kez gusle durdum
Kaç kez eğildim, emeği öptüm
Ellerinin ayasında
Göğsünün kurusunda Lilith'i andım
Günahın ilk çağırıcısı
Elma sarhoşu Adem oldum
Hep vuruldum
Kep kovuldum
Harami, aşkın dergahından!

İÇSEL YOLCULUK

Uğultuya dönüşse de içindeki acı
Yakamoz yakamoz hüznünün sularına vursa da
Özlemin derin kederi,
Sen anne göğsünde memeye yumulan
Çocuk gibi
Dişinle, tırnağınla yumul hayata
Sıradanlaştırmadan
Ciddiyetsiz,
Cibiliyetsiz
Cinsiyetsiz kılmadan sarıl
Mesela, ilk bahar diye bir mevsimin olduğunu unutma
Sevmek "ne uzun kelime" demeden
Taht kur kendine,
Tanıdığın, tamamladığın bir dilberin kalbinde
Sevgilinin gözlerinin fecrinde bekle sabahı
Kibele'den Kabe'yi yol eyle
Sevgi için, sevgili için
Bütün surey-i ayetlerin yorgunu olsa da dilin
Sevginin şeklinin olmadığını
Onun, safkan emek olduğunu unutma
Unutma!
Acı çekmiş biri eskisi gibi değildir
Yüreğinde öldürdüklerinle bir ömür yaşama
Umudu öldürenlere, mermerden bir mozole dik içinden
Sevdiğin kadar vurulsan da bu canım hayatta
Sevgiyi musallaya yatırma
Kendini sev, insanı sev
Velhasıl ahde vefayı bil
Vefayı bilmek kendini bilemektir

GURBET

Hani her dua nasibe
Her nasip vakte esirdi anne!
Hani söz haysiyet
Vicdan merhametti
Umutlarımız niye takıldı
Gurbetin tellerine anne
Bu yalnızlık penceresi
Kanadı kırık serçeliğimiz niye?

GİTME

Nerenin göçmeni olduğumu sorma!
Ben sana sürgün,
Ben sana sebat,
Ben sana biat,
Ben sana sekratım
Deport edip gitme
Kırılır mülteci umutlarım
Sen gidersen incinir sevgi
Yitirir tılsımını şiir
Evîna Dû Çîya küser sevdalı dillere
Yüzümün deltasına vuran
gülücüklerin solar
Dudaklarımda neşeli ıslıklar susar
Yetim kalır bilcümle sevdalar
Nazım, Piraye 'sine küser
Her sözcük küfre döner dilimde
Gitme!
Ben gözlerindeki kedere
Yüreğindeki sevgiye
Ellerindeki emeğe
Tenindeki kokuya
Ve acılarına tutundum
Sen gidersen yalnızlığın derin kuyusunda
Bir çocuk gözyaşlarına boğulur
Kara gecenin okyanusuna döner yüreğim
Bütün mavilerim yosun bağlar
Herkes gitsin ama sen
Sen gitme!

DÜŞÜN EZGİSİ

Bu kaçıncı düşüm bilemiyorum sevgilim
Yarım kalmış bir şiiri tamamlar gibi
Kıvranıyorum sanrılar içinde
Sen ve bu şehir...
Kenti ve düşlerimi ezgiliyor
Sokak başında bir gitarist
Masalardan göğe yükseliyor anasonik
kahkahalar
Bakire düşler parçalanıyor
Bu kentin zifaf gecelerinde
Şairi tövbeye getiriyor hasret satan
Omonia'nın çocukları
Kimsesizliğin kandili gibi
Dilenci…
Bir güvercin kanadı kirpiklerin
Kirpiklerinden savrulsam diyorum
Şimdi yokluğunu bu dilenci çocukların
avuçlarında eritiyorum
Üzüm buğusu, Ege kıyısına vuran çocukların
Sahi çocuk gülüşlere
Ölüm neden ilişir ki sevgilim?

ACININ NAKARATI

Gecenin lacivertine göz kırpıyor yıldızlar
Zamanı mühürlüyor epik yaranın nakaratı
Hüznün sathında bir çocuk ağlıyor
Ciğerinde derin bir ay yırtığı…

KÜÇÜK DÜŞLER

Bu gece de büyük şeyler düşlemedim
Küçük mutluluklar diledim çocuk saflığında
Bu gecede boşa koydum dolduramadım
Doluya koydum aldıramadım
Sensiz hiçbir şeyi olduramadım ben
Biliyorum, ne sen Ömür Hanım
Ne de ben sahaflar çarşısında imge avcısı şair
Sadece ruhumuz bedenimizden daha çok
yorgun bu gece
Acılarımızın kapağını açmamızdan biliyorum
Ve suskunluğumuzu
Ve kuşatılmışlığımızı...
Ve içimizdeki şehir huzursuzluğunu
Bir de üşüyen ruhumuzu
Boynu altında kalan umutlara ağıtlar
yakarışımızı da

BEKLETME

Bir gün gelişi güzel
Çık gel
Ben kırık dökükken gel
Hiç kimse gelmiyorken
Sen gel
Varsın devrik olsun
Tüm cümleler
Kafiyesiz ritimsiz gel
Tam da sende kendimi bozma vaktiyken gel
Yusuf Hayaloğlu okur
Ahmet Abi ile buluşuruz,
Apê Musa ile kızıla boyarız
Amed'in küçelerini
Dilini, rengini yitirmiş zamanın
Faili meçhulü olmadan
Bekletme, hemen çık gel
Kokun mihrican olsun tenime!

KEDER

Bazen keder öyle ağır gelir ki
Çöker omuzların
Kesilir sesin, soluğun
Tınlamaz balkondaki
Fesleğenin kokusunu
Şakıyan bahçedeki
Kuşun sesini
Yanakta ıslak parıltı
Tetik düşer kalbin diline

BİR VARMIŞ, BİR YOKMUŞUM!

Kayıp gitti ömrüm
Kurumuş göğüslerim
Yarım kalmış sevinçlerimdir
Kırlangıç baharı mezarlığı yüreğim
Her bakışım içimden sessiz bir gemiyi yolcular
Vedalarım var, bir de hasretlerim...
Derin kederlerim...
Gözyaşlarım
Yitip giden ömrüme ağıtlarım var
Kimse bilmez beni
Rüzgarla savrulan yonca yaprağıyım

PERÇEMİ BAHAR

Sen gülünce
Ülkeme barış gelirdi
Mülteci kimsesizliğin
Gölgesine sığınmış kalbime bahar
Türkü melodisine dönerdi,
Şiirin sessiz çığlığı
Balkonumda, sensizliğin gölgesi yitip giderdi
Her yer perçemi bahar olurdu
Ey vatanım, ince sızım, kimsesizim!
Gül ki göğersin sol göğsümdeki tomurcuk

KIRAĞI

Yaralar biriktirdim
Yandıkça yanan
Yürekte sızım sızım
Oğul ve kardeş acım
Kırgınlıklar biriktirdim
Kaç mevsimdir yeşertemediğim düşler
Ve her birisi sen olan umutlar
Kırağı yiyen umutlar!

HAZAN

Bir hazan mevsimi ömrüm!
Saçlarını ay ışığı türkülerle yıkadım
Senden önce,
Benden önce ayrılığa ördüm
Bir tek sensizliğin
Yankısı var şimdi yüreğimde
Mesela hiçbir şiire
Senli anlam yüklemeyeceğim artık
İki ezeli rakibin cengine
Yenik düştü tüm düşler
Sabır ve zaman!
Vakitsiz ayrılığın yetimiyim ben
Hüznüm saçlarıma vuruyor
Tel tel, kar beyaz!
Öznesi sen,
Nesnesi ben olan aşkın sürgünüyüm
Çoğul kimlikli bu kentin sokaklarında

SEVGİ İNCİNDİ

Çekilen onca acıdan sonra
Hayatın kıyısına tutunan
Çocuksu, acemi
Paytak adımlarıydık mutluluğun
Sustum anlamadı,
Konuştum inanmadı
Anlamak istediği kadar vardı
İçimdeki turnaları öldürüp kaçtı
Geriye dönüp sığınacak bir yalnızlık bıraktı

HAYAT MEFİSTO SELFIESİ!

(Alışmayın!)
Gece dağınık
Gece müsrif...
Acılar gömütü gövdelerde
Ayın raksı...
Şairler birer çılgın
Şarkılar fevri tını
Bütün gözlere ifşa
Pespaye kadavradır hayat
Otopsisinde pişkin
Çirkin bir manifesto
Rol çalıyor Faust'tan!
Örseleniyor hakikat
Örseleniyor inanç
Örseleniyor tüm aşklar!
Katre katre tutuşuyor umutlar
Gecenin bumerangında
Dönüp dönüp
Kendini vuruyor varoluş
Asri atik bu seyri masalda
Ve
Dişleri köpükten
Denizleri gülümseten Lorca
Kadeh kaldırıyor
Mızıkçı acılarım(ız)a!

HÎVA

Gitmenin kaç hali var Hîva?
Ya da unutmanın
Umut etmenin
Ben bütün hallerini ezberledim
Sevmelerime hep ayrılıklar eklendi
Oysa bütün kavmi göçlerim
Şehrayin yüreğinde son bulacaktı
Şimdi özlemin bir beddua dilimde

Sana

Özlemi

Yazmak

Eceli yazmak gibi Hiva!

ÇOCUK GÖZLERİN HÜZNÜ

Burada memleket havası yok ki
Bir tek ara sıra sen esiyorsun işte
Ne fincanın etrafı sarı
Ne de söğüdün yaprağı yeşil
Her gün göçebe
Öteki ilmeği dolanır oluyor boynuma
Turfanda, tomurcuk
Çocuk gözler puslu bir hüzün ile bakıyor
Lavrion'da
Bu yüzden...
Sırf bu yüzden
Bu gece o çocuk gözlerin
Ke(a)derinde
Ölesim var!

TANRI SİZİN OLSUN

Yüreğimin coğrafyasını kaybettim bayım
Kaybettiklerimin sayısını kaybettim
Sığınacak bir yer, yurt arıyorum kendime
Her gün yeni bir soykırım yaşıyor içim
Dilimi kaybettim
Geriye dönme sözümü
Anlıyorum bayım kibrinizi
İntikam alıyorsunuz
Lakin ben sizin eserinizim
Kanatlı, ihtişamlı, renkli "modernite"nizin
Kanlı kıyım savaşlarınız beni/bizi mülteci etti
size
Teni kavruk, dudakları çatlak, bakışları ürkek
Ortadoğuluyum
Kürdistanlı, Pakistanlı, Bangladeşli
Siyah tenli, Afrikalı zenciyim!
Acılarımıza, fakirliğimize
Yurtsuzluğumuza bizi alıştırmayın
Tanrı da zenginliğiniz de sizin olsun bayım
İnsan kafesi mülteci kamplarınızda doğan her
çocukla
Uyanık kalan, umut büyüten benim!

AĞIT

Geride bıraktığım ne varsa
Bir yüzü acıya dönük şimdi
Bu yüzden ben her gece
Gözlerinin denizine uğrar
Yüreğinin sahiline
İçli ağıtlar bırakırım

HİÇLİK

Her şey geçti
Ömür geçti
Zaman geçti
Sevinç geçti
Heves geçti
Umut geçti
Acemi aşklar geçti...
Yüzlerce mutlu ana gebe yıllar geçti
Baki kalan acı oldu
Susarak katlanıyoruz şimdi her acıya
Ve susarak konuşuyoruz
Eprik yanılsamalar toplamı hayatla
Tek alışkanlığımız yalnızlığımız
Orta yere mıhlanmış yalnızlığımızı alıp
Çıkıp gitsek bir bilinmeyene
Hicri'nin mülteci şiirine sarılsak
Ve
Yorulmasak artık
"Bozgunlarımızı ezberlemekten,
Kanamasa ne ekmeğimiz,
Ne sevincimiz de"

ÖLÜM AVUNTUSU

Efil efil esen rüzgarda
Akşamın şirini söylüyordu yaşlı adam
Çakmak çakmak mavi gözleri
Kürdi acılar saklı çizgileriyle
Heybesinden ahir zaman hikayeleri çıkarıyordu
Bir yüzü bana
Diğer yüzü önce yadsınmış
Sonra kabul edilmiş Agora'ya dönüktü
Lübnan, Beyrut, Osman Sabri,
Mardin, İzmir...
ve...
Ve kabuk bağlamaz yarası faili meçhul
Kardeş sızısı...
Şimdi katır sırtına yüklendi ölüler evlat,
Katır sırtına...
Oysa çarmıhın iki kolu Mezopotamya ve
Anadolu
"Acını kaldıracak kadar büyümedim!"
diyemedim
Ağır aksak uzayı verdim yanından
Islak kaldırımlar, neon ışıklar
Klakson sesleri, işveli orospular...
Bir acayip karmaşa, telaş...
Biçimler, gölgeler, yaşlı adam…
Konuşuyor...konuşuyor...konuşuyordu
Alınyazısı, ölüm avuntusu...
Hoş çakalın katır sırtındaki ölüler
HOŞ ÇAKALIN!

İNTİHARA MELODİ!

Tükenmez diye bir şey yok
Her şey tükenir
Azala azala
Ufala ufala
İnsan bile tükenir
Aşklar, sevdalar, umutlar
Yüreğini acılarda boğasın gelir
Bir yağmur vakti intihar cesareti
Dolar göğüs kafesine
Artık teli kopuk kırık bir sazdır hayat
Ölüm ise
Geceyi melodileyen en nadide meltem

SEN

Sen ey kadınlar suresinin
Kudreti ilahesi
Eğri kaburga kemiği Adem'in
Ol deyip olmasına sebep efsuni akıl
Biliyorum,
Şimdi nice dağlar kanıyor sende
Ve ben,
Rüzgarın bile kokunu getirmediği
Gurbetteyim!

ETME YÜREĞİM

Etme yüreğim
Kırgın umut tortusuna inat
Kırağı düşürme düşlerine
Dağ koyağı yalnızlığına tutun
Varsın canını yaksın riyakarın alemi
Bağdaş kursun yaranın üstüne
Yeni yetme, devşirme acılar
Tütün bas sen ay yaralarının üstüne
İlişme, karışma, bulaşma
Harami kıl û kal zamene yudaların ritüeline
Kir çalınmamış alnını dik tut!
Sakın ha, başın düşmesin önüne
Islak bulutların bereketinde büyüt umudu
Unutma!
İğdiş edilmiş hayatın sevisi de
Emekçisi de sensin
Yıkık pencere pervazına dönüşmesin inancın
Doğuma sancılı,
Doğuma hevesli bir anne tevekkülü ile tutun
hayata
Bırak el ne derse desin
Doğruyu, yalanı söylesin
Sen hep maviye, maviye boya düşlerini
Gece devrilecek,
Devrilecek gece
Aydınlık sabahlara!

HASRET

Ben hep susarak sevdim seni
Mavi bir düş gibi
Gülüşlerini taktım yakama
Çiçek sepetiydi avuçların
Dal dal kokladım
Her şey biraz eksikti
Sende tamamladım
Kelebekler uçuşurdu
Gözlerimin ferinde seni görünce
Şimdi uzayıp giden
Koca bir hasretsin yüreğimde
Genzimi yakan
Sensizliği soluyorum
Bu gece de…

YALNIZLIK

Yalnızım sevgilim,
Yalnızlığım Bedri Rahmi şiiri gibi mis kokuyor!
Sükut, altın akçe etse ne fayda;
Kutbun donuk ucu sensizlik!

FİRARİ VE ESMER

Yine yokluğunu derliyorum
Bu garip, bu sürgün akşamlarda
Ne akşam sefası
Ne de mor leylaklar
Şifa değil kanayan yarama
Kurumuş dal gibi
Kendi yalnızlığıma düşüyorum
İçim mezar se(n)ssizliği!
Bütün yasımı, ömrümün hikayesi
Firari esmer gülüşlerine yüklüyorum
Bak burada bir aş(ı)k ağlıyor
Senin yanakların ıslandı mı sevgilim?

YASAKLI SURET

Acının yurduyum
Yalan ve yanılsamalar çağında
Yasaklı bir suret
Kemirgen zamana inat
Çoğul acı,
Direngen yazgıyım ben
Beytül malı değilim; Arab'ın, Acem'in, Türk'ün
Seranser Mezrabotanım
Kadim Kürdistan'ım!

OĞUL

Oyyy oğul oğul!
Hangi dildeki acımsın sen?
Bak, tutuk kaldı
Dilimde ağıtlar!
Ahh mı desem,
Axx mı?
İlmek ilmek
Seni işlesem yüreğime
Diner mi ki acım?
Kanayan,
Kabuk bağlamayan
Yaramsın!
Hangi dille söylesem
Aynı kapıya çıkan acımsın sen!

HAYELLERİMİN SÜSÜ

Ben seni sevdim,
Ahlarını sevdim,
Eyvahlarını sevdim,
Keşkelerini de...
Şimdi ay ışığını kaybetmiş
Turna göçü yüreğim,
Sen sevmesen de olur!

EYLÜL GİBİSİN!

Eylül gibisin sevdiğim!
Bakışların hazan
Sözcüklerin hüzün
Üstüm, başım hep sen kokuyor
Bir gamze rüzgar oluyorsun
Şu yıkık gurbet akşamında
Hangi yanağıma koysam
Biri diğerini kıskanıyor!
Avuçlarından...
Avuçlarından
Hasretle öpüyorum sevdiğim

ANNE!

Ben olduğum her şeyden
Vazgeçmek istiyorum anne!
Kahrım da
Zecrim de
Öfkem de kendime anne
Ne dalgaya
Ne kıyıya
Ne yosuna
Ne martıya
Ne de maviye kırgın değilim!
Ben olduğum her şeyden
Vazgeçmek istiyorum bugün anne
Sır dinlerin gizemi
Gülüşlerinde cennetimi arıyorum!
Kelimelerinin büyülü hüznünde ölmek
istiyorum anne!

AŞKIN GREVİ

Hiçbir sözümün kalibresi
Yetişmedi gönül menziline
Sen faşist patron
Ben vardiyalı işçi oldum sevgide
Asgari sevginin
Lokavt grevindeyim!

KELEBEK ÖMRÜ!

Oysa ne umutlarla
Sarıldık
Sevda kuşunun kanatlarına
Bir
kelebek
ömrüymüş
meğer!

SESSİZ AĞIT

Ölüm zafer telaşında Hîva!
Zaman zulmün alkışında
Ol sebepten ayrılıklar
Ayrılıklar kapıları dövüyor
Her ayrılıktan alacakaranlık doğuyor
Ufkun sofrasında
Sevdalı düşler kuruyor Hîva
Karacaoğlan; adsız, esmer bir hüzne bürünüyor
Cigerxwûn'in şiirleri kanıyor,
Sadi'nin beyitleri yanıyor
Bu infial, bu çağ yangınında
Tanrı ölüyor...Tanrı Hîva!
Şimdi ay kırmızı, bulut kan lekeli
Rüzgar, ağıtlar yüklüyor
Göğün mavi göğsüne!
Yer yüzü ayetleri yazılıyor
Kadın, çocuk, genç, yaşlı
Canların kanıyla!
Semiramis eskizi fahişe sunakların
Kurbanı oluyor halkım, Ortadoğu'da

SAKİ

Ruhum incinmiş acılar kesiği saki!
Her şey yitime ramak duruyor,
Her şey Araf hali
Yekinsem dokunacak kadar yakın,
Irayıp gidecek kadar uzak
Biteviye sürüyor efsuni umut
Boynumda saklı duruyor aynı cevşen
Gönlüm turna katarı
Sevgilinin gözlerinin nehrinde
Vaftiz ediyorum her acıyı
Susuyorum...
Uzun uzun susuyorum
Sustukça; acı, ses tellerimi tutsak alıyor
İdam ipindeki maktül gibi
İlmek ilmek dolanıyor boğazıma sözcükler
Tıkanıyor yutak,
Boğazı kesilmiş, hayvan hırıltısına dönüşüyor
her nefes
Saki,
Sen mey yerine, umut doldur bu gece!

GÜLDÜNYA!

Simurg kafilesinden
Kayıp bir kuştu
Güldünya, gülüşlerinden vurulmuştu
Toprak bereketini,
Ay aydınlığını
Onda bulmuştu!

HER ŞEYDE HEP BERABER!

Serez'in türküsünü mırıldıyor rüzgar
İçli, buruk, yaslı
Umut sarmalı
Sevda çıkmazı Serez
Acıtıyor bilinci
Serez Çarsısı cinayeti
Şeyh Bedreddin,
Torlak Kemal,
Börklüce Mustafa
Ortaklaşa hasreti sesleniyor
Gecenin naçar bekçisine
"Yarin yanağından gayrı
Her şeyde
Her yerde
Hep beraber!"

İHTİMAL!

Tüm yorgun cümleleri
Koy gecenin koynuna
Hiç yaşanmamış olanın hikayesini de
Bildiklerini unut,
Unuttuklarını
Yeniden öğren
Kim bilir belki
Zamanın kadrajına ayarlı acılardan
Koca bir mutluluk doğar!

VAROLUŞ DÜŞÜ

(I)
Kaç umut yeşerttim,
Kaç bahar geçti
Gönül balkonumdan?
Kaç yaprak açtı,
Kaç umut soldu?
Bütün imgelerim düşük yaptı,
Bütün hayat döl ziyanı...
Varoluş
Veledi zina!

VAROLUŞ DÜŞÜ

(II)
Ay aydı annem,
Gecemde cevheri bir sabah
Zulamda, suskun
Irak bir hasret
Her kent bir gurbet,
Her sınır göçebe yalnızlığım
Kırlangıçlar güneşi takip edermiş annem
Umut yolcusu mülteciler de
Biz ehvenişeriyiz hayatın,
Başka bir varoluş düşü
Eski zaman Spartaküsler ile anılır,
Atakan Mahir ile taçlanır künyemiz
Ört beni yurtsuzluğumla annem
Saçlarını mezar taşıma nişane eyle
Feqiye Teyran'nın kuşlarına ilet selamımızı
Ahmed'ê Xanê aşkın dergahına kabul eylesin
Zîn'î!
Ey Zin!
Ey Mem'e ecelin öyküsü kadın!
Bilmez misin?
Necmi, Kemal, Mazlum
Turabı oldu senin vatansız aşkının!

PEPUK!

Bir şair ağlıyor sevgilim
Pepuk kuşu, Roboski havarlarına anamın!
Yüzünün yorgun çizgilerinde yürür dört
mevsim
Kalbinin koyağında eski bir lahit,
Dersim Tertelesi!
Ömrünün metre karesine
bir oğul sızısı düşer
Ama umudun kandil ışığı anamın ellerinde
Bakışları ki bir aşina Gülistan!

ÊŞ!

Carna jiyan di êşe,
Gîyan di êşe,
Laş,
Lêgerîn,
Hebûn
û heqiqet di êşe!
Hemu tekviin nîçik nîçik di kizire,
Di sînorên şevên qetranî da
Mîna bedenek çip û tazî dimîne zanîn
Tenê xweziyekî di aliqe
Li qirik û zimanên mirov
Tu Mitos,
Tu baweri nabe bersiva rastîyê
Şûrek lahorî nikare bi qetîne tik û tenêtiyê!

BAHAR SEVGİLİM!

Bak sevgilim, dili tutulmuş aşık sevincinde
bahar
Kanaviçesini işliyor her zerrede doğa
Bir martı çığlığı Karşıyaka
Deniz... Yakamoz...
Kıyılarda delişmen dalgaların ısırık izi
Uzaktan,
Ta uzaktan, bir vapur dümen kırıyor kalabalık
yalnızlığıma
Denizin derin ve koyu lacivertinde bir martı
Bir martı çığlığında düşüyorsun düşlerime
Kayboluyorum sevgilim
Kayboluyorum!
Sana dair bütün sözcüklerin,
Küllerini serpiyorum şimdi bu şehrin menziline
Yokluğuna alışmak en büyük yalnızlığım olsun!

HİVA

Hangi çıkarın kanlı köprüsüyüz Hiva?
Yerlerde kan,
Sokaklarda siren
Evlerde şivân
Ve tabutlar...
Ölü seviciler kefen biçiyor
Körpe bedenlerimize
Kabil'in kini mi
Habil'in mi bilmem
Özgürlüğün
Cürmünü ödüyor ülkem!

KÜRDİ YALNIZLIK

Hoş geldin
Bütün kutsal kitapların
Haram sayfalarından
Kovulmuş Kürdi yalnızlık!
Gel hadi...
Gel bağdaş kur
Kanayan yaramızın üstüne

DAVET

Efkarımda ağıtlar büyüyor sevgilim!
Bir filizin tomurcuğunda çıkagel
Bak, yağmur nöbeti geçiriyor gözlerim!

İNSANLIK ÖLÜYOR

Canlarımızda
Camlarımızda
Duvarlarımızda
Devlet menşeli mermi izleri!
Bir insanlık vahşeti
Bir şehir yıkıntısı
Enkazında Kürt,
Kürdün enkazında
İnsanlık ölüyor…

TURNA ÖLÜSÜ

Çekilen onca acıdan sonra
Hayatın kıyısına tutunan
Paytak adımlarıydık mutluluğun
Sustum anlamadı
Konuştum inanmadı
Çünkü anlamak istediği kadar vardı
İçimdeki turnaları bir bir öldürüp kaçtı
Geriye dönüp sığınacak bir beni bıraktı

MEZBAHANE

Yağmur yağıyor kalbimin duldasına
Göçebe ruhumun nekiri kentin
Bedenine yürüyorum
İçim dalga kıran
Poseidon fırtınası
İyi ile kötünün gergefi
Kadir'in kahvesi
Mülteci yalnızlar mezbahanesi
Dillerde eprimiş acılar
Her biri manik depresif
Hayat senfonisi
Bir Medusa tarih söylencesi
Vurulmuş, kaybolmuş
Özlenmiş ülkem hikayesi!

İSYANA ÇAĞRI

Geri dönüşümü olmayan
Bir çağın enkazıyız
Dünyanın omuzlarında sevgilim!
Metalik ölüm makinaları ile
Sürüklenir gencecik bedenlerimiz
Aymazlığın döşünde yatan suskunlar
Uyansa ya gözyaşlarımıza
Bir dağ sancısı
Bir Kürdi öfke olsa
Kınından çekilmiş hançer gibi
İnse insanlığın şahdamarına

MÜLTECİ RUHUN KEDERİ!

Ne sen Elsa ne ben Aragon
Ne sen adalarda deniz kızı
Ne de ben gurbette karabatak!
Ne sen kelebeğin yası
Ne ben dalkıran rüzgârın şiddeti!
Her gün promili artıyor
Özdeş acılarımızın!
Ve mevsimsiz bir kar yağıyor
Yüzümüze, ruhumuza, kaderimize
Fırat'ın ötesi, sıratın berisi,
Kadim bir yalnızlık hikayesi bizimkisi

ELİF!

Sahi sevgili
Biz hangi kabulün kabulüyüz?
Yörüngesini arayan göktaşı biz miyiz
Kabulümüz mü?
Arkaik olan biz miyiz
Kirlenmiş zaman mı
Kim enedi doğruyu
Hakikati kim kirletti
Lanetli tanrılar çağına
İbrahim'i oğul adayan kim?
Söyle sevgili
Gökyüzümüzü kanatan kim
Bize kalesi düşmüş şehrin
Yenilgisini yaşatan kim
Hadi ver elini, bütün yenilgilere karşı
Hayatın elifi gibi dik duralım
Bu gece de içimizde saklı hüznün
Irmağına dalalım!

SİYAHIN KEDERİ

Bana ölümü, ölü seviciliği değil
Yaşamayı, yaşatmayı öğret bayım
Gidipte gelmeyen babanın ağıdını
Gözlerinde her gece yıldızları saydığım
Annemin tanrıyı unutturan acısını anlat
Ey bayım!
Zebur'u, İncil'i, Kur'an'ı bilirsin de
Şefkat ve rahmetten bihabersin
Hira dersin, Muhammed'i diline pelesenk
edersin
Bir örümcek ağı kadar merhameti de esirgersin
Gücün ahlaksızlığını
Ahlakın gücüne yeğlersin
Sen bize, kendi acımıza yabancısın bayım
Her kuytuda bir çocuk vurdurtursun
Adları Ceylan, adları Uğur, adları Berkin...
Kıydınız baharımıza bayım!
Ve bayım ülkenin doğusu dediğiniz yerde
Kadınlar siyah giyer
Peki siz bayım siyahın kederini bilir misiniz?
Cenneti alayı bahşetme bana bayım
Gidipte gelmeyenin ağıtını
Siz değil annem yakacak, bilin bayım

GECEYE SERENAT

Bak, yine kapandı
Gündüzün gözleri sevgili
Solumda bir sensizlik
Kanıyor şimdi
Gözlerim dalgın
Yurtsuz bir mülteci
İlk defa sabahın aydınlığından
Korkuyorum sevgili
Hiçbir duam menzilini bulmasın ki
Seni çok sevdim ya sevgili

SENFONÎ

Ben hep şiirin rıhtımına demirler
Gecenin çarşafına düşler serperim
Temezi kuşları kovalar
Kelebek kanadı annemin kirpilerinde
Berivanları süzerim
Kaniya Emer'de babamın pale telaşına bürünür
Mızıkçı abime dadanırım
Çelik çomak oyununda
Ne düşsel ne de senfonik
Bildik Evdalê Zeynikê arayasıyım
Klamlarında Şakiro 'nun
Ruhun keşfi güç coğrafyasını dolaşırım
Her gece
Sonrası...
Sonrası sana uğrar
Göğsünün deltasına koca
Bir hasret bırakırım

KATİ

(I)
Şimdi senle böyle konuşuyoruz ya
Yani beden dili
Acıları ortaklaştırma çabası yani
Birbirimizi anlama arayışı
Dilsizlik ve yurtsuzluk ne kötü
Gözlerim yerine, omuzlarıma dikmişsin
gözlerini
Omuzlarım çökmüş değil mi Kati?
Hevesli düşlerim de kayıp üstelik
Senin yaramı bilme merakın
Öldürüyor beni Kati
Bir kuş misali avuçlarında atıyor kalbim
Ben hep yaralı kuşları sevdim biliyor musun
Sevdikçe onlarla iyileştim
Ben herkeste ötekiyim
Bir tek onlarda ben benim
Ne iyi ettin de düştün yurtsuzluğuma
Umutlarım üşüyor
Düşüyorum Kati
İkiye bölünük, fecr-i sadık
Mülteci sabahlarda düşlerim ölüyor
......

(II)
Bedenin kiri çıkar değil mi Kati
Ya ruhun kiri
Ruhun kiri çıkar mı
Sahi biz kimiz ki
Hiç merak ettin mi
Beş bin yıllık bilinmeyen tarih
Biz kaçıncı kuşağıyız Kavimler Göçü'nün?
Hiç düşündün mü?
Kavimler Göçü'nden bu yana
Enlem boylam tanımadan
Kaç sınırı aştık
Kaç tel örgüde yırtıldı düşlerimiz
Biz kimiz Kati
Beyaz tenli, siyah tenli
Sarı tenli, melez
Biz hangisiyiz
Müslim, gayri müslim
Neden münafıkı olduk her dinin
Bizim kaç dilimiz, kaç dinimiz olmalı ki
Sevgi dili tüm dinlerin dili değil mi Kati?
Al dudaklı, mor yanaklı, ince belli
Bu orospu hayatta
Kaç kez budanabilir ki insanın düş ağacı?

Ne yapalım Kati, Anka Kuşu olamadık
Bir başka mümkünlüğüne inansak da
Yabanılına teslim olduk hayatın
Adını koyamadığım ninnimsin Kati
Sicim sicim bu sürgün akşamlardan
Hasretler yolluyorum sana
Bütün ağaçlar bahara tomurcuklanacak Kati!
Karanlık bulutlar dağılacak
O zamana kadar
Deliksiz dinlenme yok bize
Dört mevsime sözümüz olsun
Hadi şevbuhêklerine sığınalım anamın
Ker û kulik... Mem ile Zin'i dinleyelim Kati
Senin adın "seviyorum" olsun tüm masallarda!